JN192614

花は言う

山田真由
mayu yamada

花は言う　もくじ

季節

長い時間かけて誕生したのだろうか透明にさえ感じる桜は

さまざまなことを見てきたはずなのに桜は毎年清らかな目を

澄んだ目を毎年向けてくれるから私達は桜が大好き

惜し気なく満開の姿見せながら神秘さを増すばかりの桜

桜から舞い散る花びらの中で人はみんな主人公になる

姿を見せその一回で消えそうで何度でも見る満開の桜

花という足を踏み出す一歩ずついつのまにか春は広がる

人よりも季節が前を行くことも夏は心と体の炎

白い月が少しずつ輝きを増すように秋は静かに色づいていく

遠くから旅をしてきてここに来る名前も寒さもなつかしい冬

思いを馳せる

異人館最新の店レトロビルこんなに絶妙神戸のバランス

きらきらと神戸の夜景が打ち寄せる港の島のホテルの窓に

にぎやかに東京都区部はじけそう懐が深い日本を抱えて

東京は最先端を保つ街進化のたどり着く先はない

澄みきった十月の秋田の空のもと米と雪と美人を思う

そこここの芝生の上で眠る人北海道は外国みたい

北海道より広い大陸あるけれど北の大地の広さを慕う

濃く薄くじっと静かに力強く阿蘇の緑の海原はある

ペク

家族みんな機嫌が良くても悪くても愛犬見ると声色変わり

そういえば散歩の途中だったっけ愛犬が長々と草を食べてて

せわしない愛犬に願ったおとなしさ老化となって現われてきた

私が雑貨店見るのと同じよう愛犬が散歩楽しむ様子

ふと見ると愛犬は私の好きな白母がもらってきたテリアの雑種

愛犬の名前はペク父命名韓国語で白いことだと

白いペク白いシロということか意味も知らずに呼べば振り向く

「よろペク」と姉が作った家でだけの流行語にまで愛犬がのす

視野のすみ白い蝶が飛び愛犬が通ったかと思い庭に目をやる

散歩だと知ると愛犬キラキラする実際光は見えないけれど

いつもははしゃぎまくる愛犬の続く病気に戸惑うばかり

家の庭走りまわった愛犬が病気の痛みにゆったりと歩く

動物は病気の苦痛を淡々と自然のことと受けとめている

愛犬が痛いところを言ってくれたらただいることしかできないつらさ

もうろうと横たわる愛犬かけ足の姿勢そのまま天へ行くのか

亡くなった愛犬にやはり後悔が自分の愚かさが理由で泣く

十一年もの長さを愛犬はこの世を去って短くさせた

そっけない犬だと思っていたけれど私に多過ぎるほどのものをくれた

愛犬は久しぶりに飼った犬しぐさや習性新鮮だった

愛犬が散歩で引っ張ったことをなぜ大変などと思ったのだろう

今もまだ亡き愛犬に尋ねたいどこが苦しく痛かったの

歩いたり走ったりすると愛犬の折れた耳の先が揺れてた

よく引っ張り家からなるべく遠く遠くペクは散歩が大好きだった

いつかまた一緒に行こう長く長くペクと私のささやかな旅へ

降る雪の

あの人の肩を見つめるどれほどの仕事を持って走り続けて

同性も異性もあの人のことを考えている意識している

華やかで何でもできる人だからあの人自身が大都市そのもの

あの人の体におさまらないほどの強い力が襟元の赤

男性はどこへ行ってしまうのか目指すものはわかっているけど

その場所に男性達よいて下さいでも女性達は理解している

見守って支えていくと決めたときの気持ちを女性は花ひらかせる

あの人のスーツ姿に見慣れてて青いセーターにどきっとしました

そんなはずないのに目が合うあの人がこちらの方を見ている写真

男性に女性達はついて行く自分の気持ちがわかっているから

いつからかいつの間にかなぜなのか思いがけずに惹かれていった

恋なのか愛なのだろうかただ思うあの人のことをこれからもただ

あの人を特別と思いそのことを含めてやはり普通とも思う

あの人のことを思うと思われるあの人ほどの人はいないと

人生に時間はたくさんあるけれどその一瞬はあまりにもとても

生きてゆく世界

水面は模様をつくりきらめいてその下のこと何も見せずに

欠点を直すのはとても大事なこと世界は人間関係だから

素晴しい人になりたいと思ってたその前にまず普通の人に

悪いところ直す努力を続けるといつしか他の欠点も直る

ふと見ると花が微笑むもう少し怒らない努力続けてみてはと

花が言う見る人のために咲くのだと自分のための美しさでなく

怒っても何とか努力しておけば鎮まったとき後悔はない

困難や苦労で泣くのはつらいけどこの世に涙があってよかった

つま先でも立派な一歩とほうもなく大きな努力始めたときには

約束を守ることがこんなにも大変と知らずわがままだった

私から飛び出した言葉ぶつかってすべて自分に跳ね返ってくる

何もないゼロからでもできること心の欠点直す努力は

わがままな私はすぐにいやになる変化のなさに飽きないでいたい

自分を見失わない方針は人に尽くすこと満足すること

人のためにやるのは難しいようでこれが意外に努力しやすい

年末にそれでも世間は言うだろう今年一年いい年だったと

私なんかよりずっと偉いその世間をいつも心でばかにしていた

今まではこんなに働いているのにと恨みがましく人を責めてた

自分のこと考えないで働いたよく働くと言ってもらえた

どんなときも低い心でいるためにいつもこの世の初心者でいたい

強い寒気覆いかぶさるそのときも人は変わらぬ生活を送る

侮ってた世間の人は寒気よりたくましく生き人生に向かう

世間とは自分以外の人のこと家族といえども一人の人間

好きと嫌い今ひとつなのは普通から同じ長さで離れているから

はばたくというのは目立つことでなく地味な努力の地味な毎日

疲れたのは努力をしすぎたせいでなくその前に心が暴れていたから

ありがたいと誰かや何かに思っていたい本当にお世話になっているから

考えをわかってほしいと思っても私も周りに理解がなかった

言葉だけよくてもだめで思ってることがよくても言葉がだめでは

冬から夏夏から冬へとやわらげる春と秋のようになりたい

揺ぎないものは続けていく努力それに加わる長い年月

ものすごく悩み苦しんでいたときは誰かや何かのせいにしていた

美しさも醜くさもすべて受け入れて淡々として花は生きる

だから花は咲いていないときまでも美しいと称えられてる

谷底にいると思っていたけれどそこで得たのは幅広い視野

大事なのはそんなことは言っていないしていないと思わないこと

サンタクロースはいつでもどこでもやってくる苦労や努力惜しまない人に

泣かないでともう言わないい泣いていい涙だって似合っているよ

自信がなく才能なくてもやる気さえあれば頭も体も動ける

始まりと終わりは何となく似てるいろいろなことの差はないのかも

身近な人を大事にできなければ他の人を大事にできない

私がやりたいことをする時間忙しさの中にこそある

役割の通り流れている時間を早い遅いとすぐ責めてしまう

素直さと勤勉さと何事も満足するのが若さをつくる

地球の回転を変えようとすることに等しい人に意見すること

努力という階段一段ずつ行こうこの階段に終わりはないけど

終わりのない努力だけれど尊さと達成感はあり続ける

プライドは放り投げると運命が別のもので返してくれる

怒るのは本当は逃げることになる防ぎ遠ざけようとしている

「普通は」と思ってしまうときの普通それは誰にも当てはまらない

特に何か言わなくても相槌を打つのはお互いの心を満たす

言わせておくというのは無視することでなく素直に聞いて返事をすること

栄光か汚名か自分で選ばせるために自由が存在している

ゆく先を照らす光を望んだけど私が自分で作り出せるもの

季節は四つが互いに引き立て合う苦しいときと普通のときも

言われておくそうして自分が言わないことそうして周りは変化していく

枯れて散ると捨てたり見なくなったりする私を花は責めるだろうか

火傷なのか大きな傷がありながらよく働いているレストランの人

意地張ると言葉がわからないと思われる素直になると人間になれる

水を差すような言葉が出かかったときは飲み込むお湯になるまで

確かに私も悪いと思うけど「も」には反省の気持ちがない

誰だってパワースポット持っている立ち向かうときの心の中に

人々がひとには見せない顔をして見上げているであろう夕暮れ

良い変化や成功は私の努力次第魔法使いは自分だった

苦しみが糧になるのはそのことを素直に認め受け入れたとき

どんなこともわかったうえで満月は何も思わず何も言わない

一言も言わなくても満月は現われるだけでこたえてくれる

交通で譲り合うのはうれしいもの心と言葉の道の上でも

私はいつもどん底にいると思ってたすべてに対して失礼だった

どん底は勝手に来たのではなくて私の怒りが創り出してた

小さくてもありがたいと思うことを集めたら太陽の光にもなる

つらい言葉私で止めておくことも吐き出したようにすっきりすること

人生の大事な時間になっているる仕事や何かに追われているのも

平凡な小さな町の隅に立つポストからでも郵便は届く

見えるところ見えないところで人々が動きに動いて世界は回る

聞きづらいことでも全部聞かなくては今までの分これからの分

細腕でそれでも働く女性達そんなあなたはとても美しい

平等は相手を一人の人として思い合えたところに生まれる

私だけ折れてるだけでも確実にそこに平等は生まれてくる

その人の気持ちがわからないときは礼儀を持って相槌を打つ

憧れてた内緒話になるような秘密のことは何もなかった

ストレスの正体は空気かもしれない私が勝手に怒っているだけ

言葉はみんなで使うものだからマナーを守って大事にしたい

自分を大切にするということは先に相手を大事にすること

心にはある意味の年齢はないいつも大人でいるべきだった

その人が私に折れてくれたときうれしくもあり負けたとも思った

注意苦言うるさく思ったらやってけない初めて聞くかのように聞きたい

不毛な地にそれでも満足したならば水も湧き出て緑も生える

今日もまた誰かが涙をのんでいるきっとどこかでたった一人で

顔を上げ歩き出すときの輝きは他の人が感じ取ってる

苦しみを受け入れ乗り越え歩いてく私達のためこの世界はある

いつもすぐに次の一瞬がやってくる努力と挑戦無限にできる

夜明けまで街の灯りはともってる誰の心にも火は消えないでいる

努力はいつも本気で続けたいこの日常が本番だから

心地よい五月のままにしておきたい心の中の季節だけでも

敬いの心というのは怒らない気持ちをずっと持ち続けること

鍵もなく隠されてもないたからものそれが女性それでも生き抜く

大きくて強い力を秘めながら普通に生きるそれが男性

曲がるもの溶けるものがなかったら生活に困るすなおは大切

責任を取るというのは人という原石を磨く大切な過程

ばかなのも役に立たないわけじゃない謙虚を目指す理由になるから

私はいつも言葉で束縛されているように感じるけれど頷く

頷こう責任持ってそうしたら私を縛っているものは消える

責任の重さは汚名ではなくて心をきれいにしてくれる価値

土足で踏み込まれて困るような場所は心のどこにもなかった

人々の心を穏やかにしてくれる決して枯れない花は笑顔

台風は上陸すると衰える避けずに通れば最後はおさまる

苦しみを乗り越えたなら人生という名の芸術作品となる

丸くなる何度も波を受けた石試練を受けたら進歩していたい

人生で二番目の苦労の解決は最初の苦労をやり遂げること

花が言う枯れることは終わりでなく流れる時間の一部なのだと

思いやりは同じ気持ちになることではなくて頷き肯定すること

夜になり人知れず泣いた人達の涙が浮かんで夜景になった

指先の小さな傷でも痛いものの言葉に十分気を配りたい

冗談の通じる心ということは相手の話に頷くことだった

ほのぼのと心を溶かしてしまう春惑わされずに働く人々

涼しさを求めてばかりいる夏にそれでもめげず働く人々

窓の外少し眺めてみたくなる秋の中を働く人々

生きものの気配を消してしまう冬ものともせずに働く人々

輝きを放つ初心をすぐ忘れ輝きたいと焦がれてばかり

苦しむのは初心を忘れたからだろう忘れないことも努力に加える

心と言葉を正しく使うのは時間を大事に使う意味になる

思い悩むことをやめたにちがいない取るべき道を彼女は知ってる

正しい道選んで実行に移して彼女はすべてのものを守った

彼女達は初心に返るという道を選んで踏みはずすことがなかった

思いやりは取るべき道といるべき場所へ結びつける賢さとなる

近道はないけど回り道もない道は一本必要な数

嫌われていやがられてる平日がすべてのものを支えてくれてる

コンビニは大人にとってのちょっとしたカフェで駄菓子屋内緒の隠れ家

「人の言うことをよく聞いて」の言葉は何歳になっても大事な教え

女だってかなりつらいよでもきっと男性の方が大変でしょうね

神秘とは努力を続けることだった変化をもたらし何かへ導く

神秘のものの奇跡のものの外見はそうは見えないものばかりだった

怒らせない不快な思いにはさせないそれが心の本当の礼儀

その人の意外なドジにあきれずに私もするかもしれないのだから

心の中を満たすものを探すより周りを満たす心になりたい

相手のこと相手の話を通したら周りがだんだん満たされていく

世の中に男の人がいればこそ世界は大きく動いてゆける

世の中に女の人がいればこそ世界は地道に進んでゆける

世の中の男性達が頼もしくいてくれるから生活ができる

世の中に女性達がしなやかにいてくれるから雰囲気が和む

がんばった努力の成果が来なくても努力ができることがご褒美

やさしさはみんなほしがるものだけど誰の心にもその泉がある

やさしさはどんどんあげてしまっていい使うほどに泉はあふれる

その響きゆったりとした頼もしさ時に聞きたい男性の声

その中に包んでもらいたくなるような明るくやわらかな女性の声

人々はいやがりながら働いているけどそれは美しい姿

悲しさに気持ちが揺れているときも夜までこらえて人は働く

さまざまな思いを聞いて受けとめて寄り添ってくれる夜の暗闇

悲しみも楽しいことも週末まで知らぬ顔して人は働く

男性は思うことがあるだろうか女性の炎と深い悲しみ

女性は思うことがあるだろうか男性の熱と静かな憂いを

情熱にもひんやりとした秘密にも触れることはためらわれる

慰めの言葉が合わないこともある思うだけでも思いやりになる

とがってもふくれ上がってもいつの間にか元に戻ってる海になりたい

いのちが生まれた場所が海だから同じことがきっとできるはず

海の真似きっとできるどんなことも真似ることから学ぶものだから

やりたくなく苦痛なこともあるでしょうに男性達は引き受けてくれる

同じことを続けてくれる女性達同じ心と変わらぬ態度で

人生の人はみんな開拓者歩いたあとに道はできる

細やかに大きくも見て気を配るなくてはならない女性のまなざし

花々にたとえてもらえる女性達男性達はその他のすべて

あなたの心はきっと大丈夫元通りになってまたやっていける

あなたにはあなたの心がついているみんなと同じ丈夫な心が

いやなことに折れることの方が実は反発してみるよりもずっとらく

怒るときは自信も自尊心もなく余裕も大事な考えもない

そうだねと折れて認めて譲ったら相手はやさしさと受け取ってくれる

苦しみと悲しみの雨が続いても人という花は咲き続ける

後悔はいつも遅いものだけどそのときやさしい気持ちになれる

忘れたり諦めたりしなければならないときの気持ちも情熱

上から下へ落ちるのは自然なことだけど心は踏みとどまって

今までに誰かが私を不本意に許してくれたことを思えば

親切をすることよりも悪いことを言わない思わないのがやさしさ

特別なことだけでなく小さなことの思いも汲み取ることが礼儀

責めたいと思ったときは私こそ言えないことを思い出すべき

その人の心の癖が嫌いでも折れるしかないそれも悪くない

つらいことを冷たく感じていたけれど努力で暖めることができる

価値のある人だけ生きる世ではなく努力し克服するための生

つらいことをつらいと決めつけることが限界を作ってしまっていた

良い結果があるのに証拠がないとしてもその栄光は本人のもの

どんどんと進む時間は冷淡なようで引っ張っていってくれてる

ひどいこと何も言わずに聞くことは言った人へのカウンセリング

誰だっておかしなところ持っているあとは認め合うだけなのに

ひどいことを言い放つ人も相当につらい思いをしているようだ

今の人のためにではなくこれからの人達のために木は植えられる

本当であればあるほど心からの深い思いは隠したくなる

表情にこみ上げてくる深い思いこらえるわざはみんなうまくない

こみ上げる思いを押さえる感情はガラス細工のような理性

挫折とは運命に折れて考えて見方を変える始まりとなる

つらい言葉受けてもすぐに忘れればそれが心の中での掃除

窓の外眺めて何かを思うとき誰の心も同じになる

この中でセラピーの役を受け持とう私も救われみんなも助かる

少年と少女の気持ちはいつまでも失われないものだったんだな

進むのは成し遂げるためだけでなく後退させず維持するために

寄り添って慰め励ましてくれている花は誰のそばにも咲いてる

曲へ

新しい二人と去ってゆく恋を見送ったなら乗り越えられる

「M」プリンセスプリンセス

自分のことオバさんなんていじらしいだから少女のままでいられる

「私がオバさんになっても」森高千里

これが愛大らかで静かで暖かいまごころがある「ここにいるわ」

「ノーサイド」松任谷由実

その人がどこへ行ってしまってもここで思ってる見上げている

がんばった人は誰かが見てくれて認めてくれてる隠れていても

「地上の星」中島みゆき

地上にいる普通の私達みんな一人残らず輝いてる星

「シングル・アゲイン」竹内まりや

失恋の内容なのに変わらないさっぱりとした日常がある

現実のいるべき場所に引き戻してくれる心がどこにあっても

どんなことがあっても前を見て生きる私達を称えてくれてる

この曲が少しわかるようになったけれどもやはり難しい気持ち

好きな人が追いかけてくれるときめきを少しだけ願う女性のせつなさ
「告白」竹内まりや

落ち着きはこういうことを言うのだろう運命の声に従ったこと

運命に従ったことをわかってはもらえなくても思いは続く

「満ちてくる時のむこうに」平井菜水

〈アニメ「満ちてくる時のむこうに」（原作　鈴木光司『楽園』）テーマソング〉

女性達の男性達をなつかしく慕う気持ちはただ深いのです

思わせてくれて思ってくれていてときめかせてくれてありがとう

日々の暮らしとまわりの風景

花を見たり飾ったりするのは好きだけど植えて育てることは苦手

はりきって早起きをしていたけれど目が覚めてしまうと家族から苦情

早起きの分を取り戻すかのように風邪でたくさん眠ってしまった

さまざまな情報が増える一方でやはり一番気になる天気

花かなと放っておいた小さな草いつの間にか森になってた

家政婦さんがいてくれたらと思うとき一人二役自分でやるしか

数々の誘惑に打ち勝ちスーパーをあとにしても次に発散

一生の生活を考えてみたときに今の節約どれほど得かな

仕事中真面目な顔して心では食べたい物のリスト作成

パプリカやトマトやきゅうりの皮などで花束のような夏の残飯

免疫の向上になると言いながらエアコンの掃除わからないまま

気合入れねらい定めて蚊をたたく両手は痛く蚊の姿はなく

買った服をお店の人がたたむ手の台にあたる爪の音が好き

お互いに輝き合ってる地に足をつけた生活華やかな旅行

一瞬に都市から都市へ新幹線雨を煙に変えてどこまで

雑誌見て楽しんでいたその場所に本当にいる旅行の不思議

旅をしたなつかしさや切なさを運び続けてゆく新幹線

やる気とそれを成し遂げられそうな予感が満ちる朝の大気に

朝と夜二つの時間に守られてただ穏やかな昼の安らぎ

闇が降り色も音もない世界思いを巡らす異次元の夜

何となくやさしい気持ちになれる春何でもできるような気にも

木の陰や水のほとりを探してるお店に入り浸りたくなる夏

もの悲しく思わせる秋それなのに葉を色づかせ慰めてくれる

冬の空灰色になり吹く風も冷たくなると舞うものを待つ

人生に飽きないためのプレゼント四つの季節の美しい変化

この香りこの色合いのミルクティーこの味わいとこのおいしさと

大型の商業施設のにぎわいもそれを支える人がいてこそ

熟年のご夫婦ダウンのペアルックディスカウントでも二人にはジュエル

三人の朗らかそうな老婦人アイスで飲んでる冬のスターバックス

まだあったら買おうとしてた品物が売れてて前よりほしくなった

ほこりなら無限に入るとあてにした掃除機の中布団になってた

殺人が好きではないけど小説で事件発生まで長いと飛ばし

多い量好ましいけどさつまいもは薄い方が甘く感じる

見ていると二十四時間一年中文句も言わず時計は働く

コンビニは何かに似てると思ったら休まず働く時計と同じ

お札より安いけれど何となく満たされる気がする五百円玉

これきれいあれは汚れてると分けるその基準自分でもよくわからない

ついたレジの前の人のカゴの中生活ぶりをあれこれ想像

梅干と納豆にいろんな味ができこんな味を待ってたような

「エア何とか」笑えるけれどそれでいて意外と実際やった気になる

科学的理由はたまには休ませて雪や氷の形のきれいさ

こんなにも小さなきれいな水もある葉の上に残る朝露の玉

ポツポツとツブツブの間のような音傘に当たると雨は変わる

打ち水で水をほうって空中に水の玉を浮かべる一瞬

打ち水で真夏の温度を下げようとがんばってみても雲にはかなわず

すっきりとした数字が雪よりも氷をイメージさせる一月

少しずつ新年に慣れてきた二月冷たい風はまだ続いている

まだ少し寒い空気に三月は少しずつピンクを灯しはじめる

さまざまないろいろな花が次々と咲きあふれていく満開の四月

新緑の波とさわやかな風の中を泳ぎたくなる五月

六月の雨を喜ぶ花の中紫陽花ひときわいきいきしている

花火より高い位置にも出来事があると言ってる七夕の月

八月の暑さが赤に見えるけど空と海が青を広げる

陽の向きと日陰が少しずつ動く夏と秋とを行き来する九月

十月はきんもくせいが連れてくるひんやりとした空気の中へ

ひらひらと空も地面もとりどりの葉に彩られていく十一月

十二月いつもワクワクしてしまうクリスマスと大晦日に

渋滞のおかげで夜景は一段とアクセサリーとなってきらめく

草の上踏みかためられてできた道秘密の場所へ行ける気がする

どこでも私と目が合うような月いつでもみんなを見てくれている

あとがき

何の変哲もない毎日を、見通しの立たない中を、自分の力をかき集めてがんばって生活を続けている私達みんなのことを書きたいと思っていました。

言葉や形にならない思いは、たくさんあると思います。だから人生は、心は、とても深い。でも、ときには、それを浅く考えたり広げてみたりしながら、生きていけばいいのですね。

今回の本にも、私自身に努力をがんばるように促したものを多く載せています。心がふらふらとしないように、大事な言葉を忘れないで指針にしたいと思っています。

この本を読んでくださった皆様、この本の出版に携わってくださったすべての皆様、前回に引き続き、今回も本によく似合うすてきな装丁をしてくださったデザイナーの森様、豊かな感受性で支えてくださった戸田書店の高木様、鋭い感性でここまで運んでくださった静岡新聞社出版部の庄田様、本当にありがとうございました。

平成二十七年七月

山田　真由

花は言う

*

平成 27 年 8 月 24 日　初版発行

著者・発行者／山田真由

制作・発売元／静岡新聞社

〒422-8033　静岡市駿河区登呂３－１－１

電話　054-284-1666

印刷・製本／藤原印刷

*

ISBN978-4-7838-9913-6 C0092